## 고조선 소녀 별이를 만나다

글 **강무홍** | 그림 **김종범**
감수 **송호정**

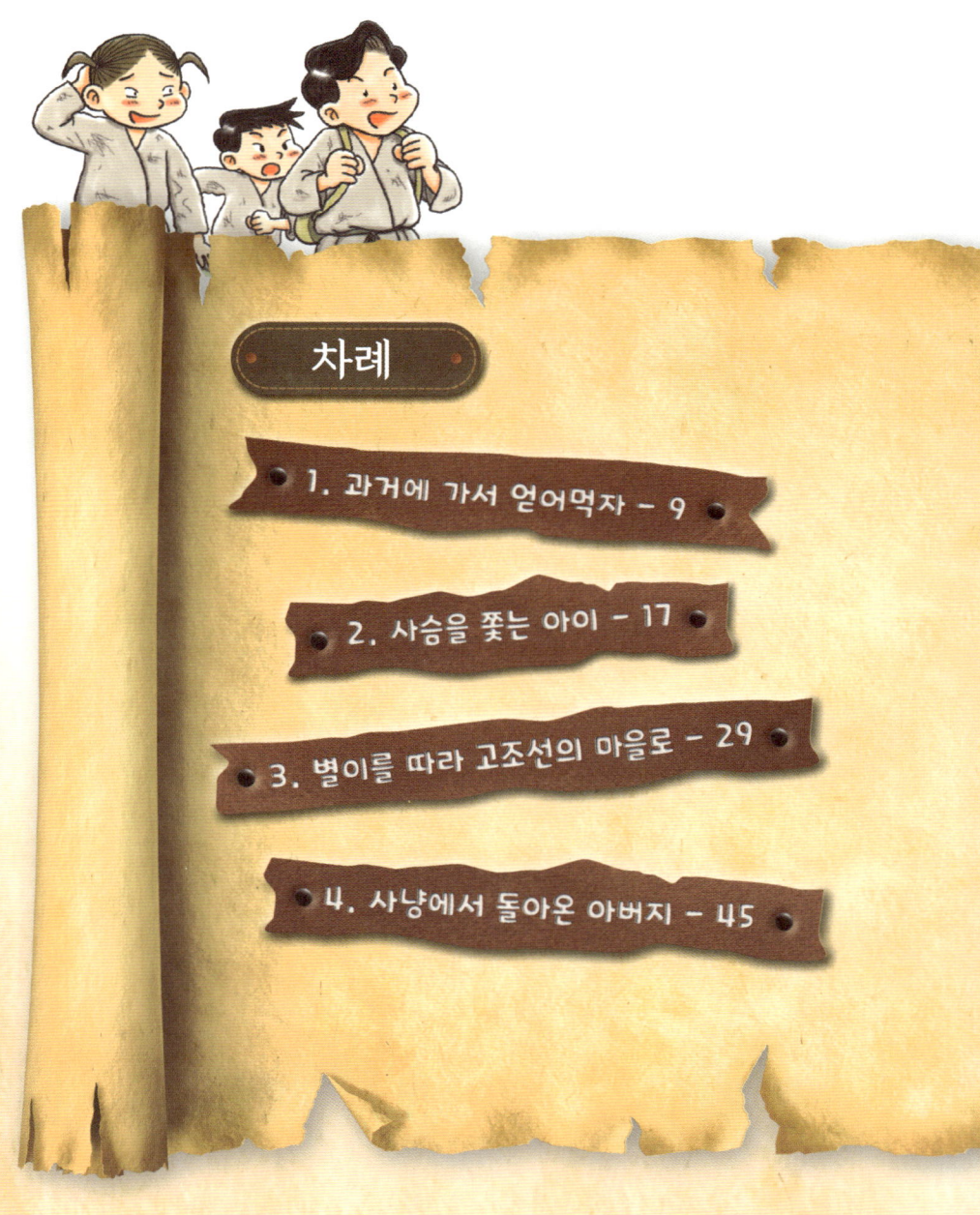

## 차례

1. 과거에 가서 얻어먹자 – 9
2. 사슴을 쫓는 아이 – 17
3. 별이를 따라 고조선의 마을로 – 29
4. 사냥에서 돌아온 아버지 – 45

# 고조선 소녀 별이를 만나다

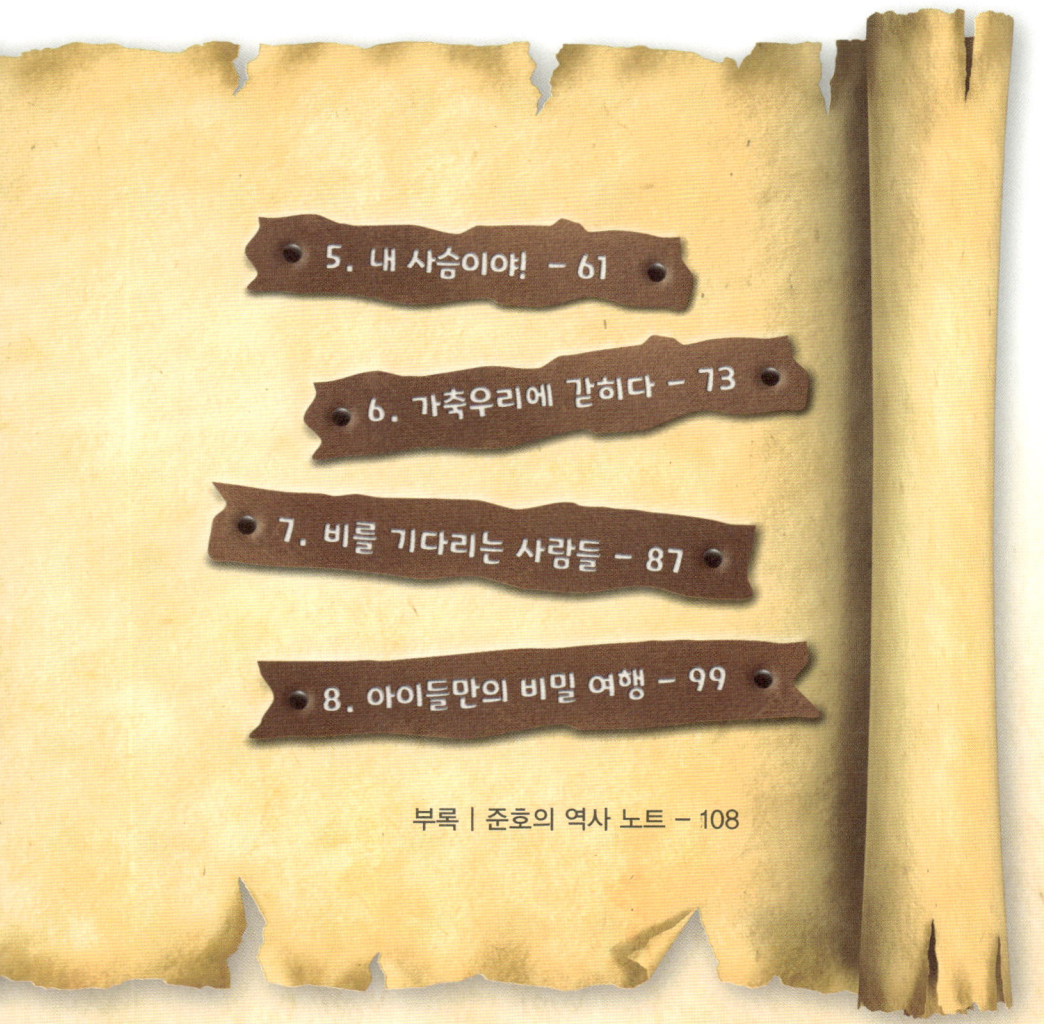

5. 내 사슴이야! - 61

6. 가축우리에 갇히다 - 73

7. 비를 기다리는 사람들 - 87

8. 아이들만의 비밀 여행 - 99

부록 | 준호의 역사 노트 - 108

## 마법의 두루마리를 펼치기 전에

역사학자인 아빠를 따라 경주의 작은 마을로 이사를 간 준호와 민호는 새집 지하실에서 마법의 두루마리를 발견한다. 둘은 마법의 두루마리를 펼쳐 석기 시대, 삼국 시대, 고려 시대, 조선 시대 등으로 과거 여행을 떠난다. 이웃에 사는 수진도 준호와 민호의 비밀을 눈치채고 모험을 함께한다.

여러 번 과거 여행을 한 아이들은 두루마리의 비밀을 하나둘씩 알게 되고, 과거에서 만난 역사학자 할아버지에게 옷을 갈아입는 법을 배운다. 아이들은 마치 그 시대 사람처럼 완벽하게 변장을 하고 과거 곳곳을 누비게 되는데······.

1. 과거에 가서 얻어먹자

비가 내린 게 언제였을까. 여름이 지나고 가을이 성큼 다가왔지만, 때아닌 가뭄에 온 나라가 몸살을 앓았다. 텔레비전에서는 날마다 바짝 타들어 가는 논밭을 보여 주며 이대로 가다가는 올해 농사가 큰일이라고 했다. 준호네 마을에서도 벼 이파리가 누렇게 뜨고, 강바닥이 허옇게 드러나 있었다.

엄마가 뉴스를 보다가 한숨을 쉬었다.

"가뭄 때문에 큰일이네. 기우제(비가 내리기를 비는 제사)라도 지내야 하나, 쯧쯧. 옛날 같으면 나라님 때문이라고 난리가 났을 테지……."

엄마는 혀를 끌끌 차며 근심스레 마당의 꽃밭을 내다보았다. 오랫동안 이어진 가뭄에 꽃은 힘없이 고개를 떨어뜨렸고, 이파리들은 말라비틀어져 있었다. 하지만 농사지을 물도 모자라는 판에 꽃에 물을 주기가 쉽지 않았다.
　"아휴, 저러다 다 죽겠네. 꽃밭에 물 좀 줘야겠다."
　더는 두고 볼 수 없다는 듯 엄마가 말하자 민호가 대뜸 소리쳤다.
　"엄마, 꽃만 걱정하지 말고, 우리도 밥 좀 줘요!"
　그리고 보니 어느덧 마당에 어둑어둑 땅거미가 내려앉고 있었다. 저녁때가 된 것이다.
　엄마는 저녁을 지으려고 부엌으로 갔다. 하지만 마침 쌀이 똑 떨어지고 없었다.
　"어머나, 내 정신 좀 봐. 쌀을 사다 놓는다는 걸 깜빡했네! 어떡하지?"
　당황한 엄마는 식품 창고와 냉장고를 마구 뒤졌다. 다행히 채소 상자에 감자가 몇 알 남아 있었다.

"안 되겠다, 밥은 나중에 하고 감자라도 먼저 쪄 먹자."

엄마는 아빠한테 부랴부랴 전화를 걸어, 집에 오는 길에 쌀을 좀 사 오라고 부탁했다.

엄마가 전화를 끊자 민호가 짜증을 냈다.

"아이, 아빠가 오실 때까지 어떻게 기다려요. 배고파 죽겠는데! 라면도 없어요?"

엄마는 "미안, 미안! 아하하!" 하며 얼렁뚱땅 얼버무리려 했다. 하지만 준호도 배가 몹시 고픈 얼굴로 엄마를 쳐다보았다.

엄마는 따가운 눈길을 느끼며 후닥닥 감자를 씻어서 불에 올렸다.

잠시 뒤 고소한 감자 냄새가 거실과 현관을 넘어 바깥으로 솔솔 퍼지기 시작했다.

"뭐 해? 감자 먹어?"

현관문으로 수진의 얼굴이 빠끔 나타났다. 수진은 코를 벌름거리며 안으로 들어섰다.

민호가 인상을 쓰며 투덜댔다.

"감자 익기 기다리다 굶어 죽겠어. 아, 진짜 배고프다!"

준호도 허기가 진 듯 어깨가 축 처져 있었다.

엄마가 부엌에서 소리쳤다.

"수진이도 감자 먹을래? 조금만 더 기다리면 되는데."

"아뇨, 저는 밥 먹고 왔어요."

큰 소리로 대답한 수진이 갑자기 소리를 낮추어 준호와 민호에게 속닥였다.

"금방 밥 먹을 방법이 있는데."

민호가 솔깃해서 물었다.

"뭔데?"

수진이 눈을 반짝이며 말했다.

"과거에 가서 얻어먹는 거야."

준호는 그게 무슨 뚱딴지같은 소리냐는 듯 수진을 빤히 바라보았다. 말도 안 되는 소리였다. 어떻게 과거에 가서 밥을 얻어먹는단 걸까? 마법의 두루마리가 어느 시대, 어떤 상황으로 데려갈지 모르는데. 전쟁터 같은 데 떨어져서 실컷 고생만 할 수도 있었다.

하지만 감자 삶기가 끝나기를 기다리느라 좀이 쑤시던 민호는 귀가 번쩍 뜨였다.

"맞다, 그러면 되겠네!"

민호가 반색하자 수진이 생긋 웃으며 고개를 끄덕였다.

민호의 눈앞에 김이 모락모락 나는 쌀밥과 진수성찬이 차려진 밥상이 아롱아롱 떠올랐다. 꿀꺽! 민호는 군침을 삼켰다.

민호와 수진의 눈이 마주쳤다.

'가자!'

"엄마, 감자 삶는 동안 잠깐 나갔다 올게요."

민호는 그렇게 소리치며 수진과 함께 후닥닥 현관문을 나섰다.

"야, 같이 가!"

준호는 깜짝 놀라 허둥지둥 둘을 쫓아갔다.

"감자 다 돼 가는데, 어디 가는 거야?"

엄마가 소리쳤지만, 아이들은 이미 그곳에 없었다. 저녁 바람에 떠밀린 현관문이 텅 하고 닫히며 아이들 대신 대답했다.

## 2. 사슴을 쫓는 아이

아이들은 구릉지의 비탈진 풀밭에 서 있었다. 살을 태워 버릴 듯 태양이 뜨겁게 내리쬐는 가운데, 누렇게 말라 버린 풀밭 사이로 군데군데 밭이 펼쳐져 있었다. 이곳에도 오랫동안 비가 내리지 않았는지, 주위의 풀이며 농작물들이 모두 시들시들했다. 발밑의 흙은 파삭하게 말라 있었고, 메마른 땅에서는 타는 듯한 열기가 후끈 올라왔다. 아이들의 얼굴에 금세 땀이 흘렀다.

"으아, 타 죽겠다!"

민호가 비명을 질렀다. 준호는 이마의 땀을 훔치며 주위를 둘러보았다. 멀리 구릉지 꼭대기에 울타리 같은 것이

쳐져 있고, 그 너머로 초가집 지붕들이 언뜻언뜻 보였다.

"오빠, 여긴 어디야?"

수진이 묻자 준호는 구릉지에서 눈을 돌려 재빨리 두루마리를 찾았다. 예닐곱 발짝쯤 떨어진 밭 가장자리에 짐승 뿔로 만든 듯한 괭이가 널브러져 있고, 그 옆에 두루마리가 떨어져 있었다. 준호가 달려가서 두루마리를 줍자, 민호도 얼른 달려와 두루마리 옆에 떨어져 있던 모래시계를 챙겼다.

준호는 두루마리를 펼쳐 살펴보았다. 두루마리 왼쪽에 있는 지도에 한반도 너머 멀리 중국 땅까지 포함하는 선이 그려져 있고, 인천 위쪽의 한 섬에 둥근 점이 찍혀 있었다.

'어? 이건 어느 시대의 지도지?'

준호는 눈을 크게 뜨고 지도를 들여다보았다. 우리 민족이 중국 대륙까지 진출했던 때를 생각하니, 맨 먼저 고구려가 떠올랐다. 하지만 고구려 때라면 지도에 고구려와 힘을 겨루던 백제와 신라도 나타나야 하는데, 이 지도에는 삼국을 나누는 선이 보이지 않았다.

'도대체 어느 시대로 온 걸까?'

두루마리 오른쪽에 있는 지도에는 마을을 둘러싼 울타리와 집, 산과 길이 그려져 있었는데 어느 시대인지는 알 수 없었다.

"형, 어느 시대인지 알겠어?"

민호가 다시 물었지만, 준호는 대답할 수가 없었다.

"일단 옷부터 갈아입자!"

수진이 말하자 준호가 두루마리를 활짝 펼쳤다. 수진은 준호의 눈치를 보며 두루마리의 팻말을 살며시 쥐었다. 준호가 괜찮다는 듯이 고개를 끄덕이자, 수진은 조심스럽게 두루마리 아래쪽에 있는 윗옷 모양의 글자에 팻말을 갖다 댔다.

두루마리가 살짝 꿈틀댔다.

수진은 가슴이 쿵쿵 뛰는 것을 느끼며 떨리는 목소리로 "하나, 둘, 셋!" 하고 속삭였다. 그러자 준호, 민호가 수진과 함께 한목소리로 외쳤다.

"두루마리님, 제발 우리에게 옷을 주세요!"

다음 순간 하얀 연기가 피어올라 아이들을 휘감더니 순식간에 옷이 바뀌었다.

"야, 꼴이 그게 뭐냐!"

민호가 손가락질하며 웃음을 터뜨렸다. 수진은 헐렁한 삼베옷*에 허리띠를 질끈 묶고 짚신을 신고 있었다.

수진이 보니, 민호와 준호의 모습도 우습기는 마찬가지였다. 헐렁한 삼베 바지와 저고리에 허리띠를 매고 짚신을 신은 모습이 꼭 장터에서 본 각설이 같았다.

"너는 어떻고! '작년에 왔던 각설이, 죽지도 않고 또 왔네!' 하는 각설이 같다, 뭐!"

수진이 큭큭큭 웃음을 터뜨렸다.

**\* 삼베옷**
'삼'이라는 식물에서 뽑아낸 실로 짠 옷. '베', '마', '포', '마포'라고도 한다. 삼은 잘 자라고 질겨서, 우리나라에서는 오랜 옛날부터 삼베옷을 많이 지어 입었다. 삼베를 짜는 기술도 뛰어나, 기원전 2~3세기에 일본에 기술을 전하기도 했다.

그때였다.

어디선가 날카로운 외마디 소리와 함께 쉭쉭쉭쉭 하고 풀이 흔들리는 소리, 다다다닥 땅이 울리는 소리가 났다.

셋은 놀라서 고개를 쳐들었다. 준호는 재빨리 배낭 속에 두루마리를 넣고 소리가 난 곳을 찾아 두리번거렸다. 비탈진 구릉지 위쪽에서 어린 사슴 하나가 웬 아이에게 쫓겨 아이들 쪽으로 달려 내려오고 있었다.

"거기 서!"

아이가 소리쳤다. 짧은 머리에 다부진 몸이 날렵해 보이는 아이였다. 엉덩이까지 내려오는 털가죽 옷을 입고 허리를 끈으로 질끈 맨 것이 준호, 민호, 수진과는 사뭇 다른 차림새였다.

"앗!"

사슴과 아이가 쌩하니 앞을 지나가자, 아이들은 놀라서 펄쩍 물러났다. 마치 작은 돌개바람이 지나간 것 같았다.

아이들은 어리둥절한 얼굴로 방금 지나간 사슴과 아이

를 멍하니 바라보았다.

　수진이 눈을 동그랗게 뜨고 물었다.

"뭐지?"

　민호도 어안이 벙벙한 얼굴로 대답했다.

"그러게 말이야."

　그사이 사슴은 비탈 위를 빙 돌아서 아이들 쪽으로 깡충깡충 다시 뛰어왔다. 털가죽 옷을 입은 아이가 그 뒤를 따랐다.

"서! 거기 서!"

　아이가 앙칼지게 소리쳤지만, 사슴은 아이의 말을 들은 체도 하지 않았다. 아이는 비탈길을 가로질러 사슴의 앞을 막아섰다. 그러자 사슴이 아이들 근처에서 급히 멈춰 서더니, 옆으로 방향을 홱 틀어 다시 깡충깡충 뛰어갔다. 아이들은 엉겁결에 펄쩍 물러서며 길을 비켜 주었다.

　사슴과 아이는 마치 술래잡기라도 하듯 요리조리 깡충깡충 뛰어다녔다. 둘 다 달리기 솜씨가 보통이 아니었다.

수진은 발이 근질근질했다. 달리기라면 누구에게도 뒤지지 않을 자신이 있다! 수진이 흥분해서 소리쳤다.

"우리가 도와주자!"

그러고는 말릴 새도 없이 쌩하니 달려가 아이와 함께 사슴을 쫓았다.

준호와 민호가 어깨를 늘어뜨리며 소리쳤다.

"아, 뛸 힘이 없어."

"야, 난 못 뛰어, 배가 고파서 쓰러질 지경이라고!"

아이와 수진이 함께 길을 막자 도망갈 곳을 잃은 사슴이 비탈의 키 작은 떨기나무 옆에 우뚝 멈춰 섰다. 순간 아이가 사슴을 덮쳤다.

"끼잉!"

사슴이 가냘프게 울었다.

그제야 준호와 민호가 슬렁슬렁 다가왔다.

아이가 아기 사슴을 와락 끌어안았다.

"내 거야!"

아이는 민호와 수진 또래로 보였다. 앙칼진 목소리로 봐서는 여자아이인 것 같았다.

여자아이는 사슴을 빼앗길까 봐 겁이 난 것처럼 보였다.

준호는 부드러운 말투로 아이를 안심시켰다.

"그래, 네 사슴이야. 안 빼앗을 거니까, 걱정 마."

민호는 발끈했다.

"야, 누가 그깟 사슴 빼앗는대?"

여자아이는 여전히 경계의 눈빛으로 준호와 민호를 쳐다보았다.

그때 수진이 생긋 웃으며 사슴의 머리를 살며시 쓰다듬었다. 아기 사슴의 보드라운 털에서 온기가 전해지자 수진은 마음이 따뜻해졌다.

"너무 예쁘다!"

여자아이가 어깨에 잔뜩 힘을 주었다.

"내 거야. 아버지가 잡았어. 나 줬어. 눈 예뻐."

"너네 아버지가 잡았다고?"

민호가 놀라며 묻자, 여자아이가 고개를 끄덕이며 자랑스러운 듯 턱을 쳐들었다.

"우리도 만져 봐도 돼?"

준호의 말에 여자아이는 잠깐 생각하더니, 곧 "응!" 하고 고개를 끄덕였다.

쫑긋한 귀와 맑은 눈, 촉촉하고 까만 코와 고운 점박이 무늬의 보들보들한 등 털. 어린 사슴은 겁에 질린 채 바들바들 떨고 있었다.

사슴을 안심시키려는 듯 민호가 "착하지!" 하고 머리를 쓰다듬었다. 하지만 아기 사슴은 부르르 떨기만 했다.

어느새 네 아이는 아기 사슴 곁에 옹기종기 모여 앉았다. 아기 사슴은 움찔거리며 검은 눈동자를 또르르 굴렸다. 더러는 귀찮은 듯 귀를 타다닥 털고, 더러는 애원하듯 끙끙거리기도 했다.

"넌 이름이 뭐니?"

준호가 사슴한테서 손을 떼며 묻자 여자아이가 짧게 대

답했다.

"별이."

민호와 수진은 아기 사슴한테 푹 빠져 보드라운 등과 머리, 야들야들한 배와 가슴을 쓰다듬고 조몰락거렸다.

급기야 사슴이 민호와 수진의 손길을 뿌리치고 일어나 비탈 아래쪽으로 휙 달아났다.

"서!"

다음 순간 별이가 작은 짐승처럼 튀어 오르더니 쌩하니 사슴을 쫓아갔다.

"잡아!"

"거기 서!"

민호와 수진도 벌떡 일어나 사슴을 쫓아갔다. 준호도 허둥지둥 그 뒤를 따랐다.

# 3. 별이를 따라 고조선의 마을로

준호가 눈을 반짝였다.

"하아 하아……."

별이와 아이들은 헉헉대며 바위 앞에서 걸음을 멈추었다. 비탈 아래로 헐레벌떡 쫓아가 보니, 사슴이 언제 도망갔느냐는 듯 바위 그늘 밑에 주둥이를 박고 풀을 뜯고 있었다. 사슴을 본 별이가 "후유!" 하고 한숨을 내뱉었다.

"이거 먹으러 왔어?"

별이는 몸을 숙이고 바위 밑의 풀들을 살펴보았다.

"비 안 와서, 너도 먹을 거 없지. 풀 다 시들고. 그래도 여기 풀 있네? 맛있는 풀."

그 순간 사슴 옆에 있는 커다란 바위를 무심코 바라보던 준호가 눈을 반짝였다.

'저 바위는!'

준호의 눈이 점점 커졌다. 자세히 보니, 바위 위에 바위가 얹혀 있었다. 네 개의 받침돌 위에 넓적한 돌을 얹어 놓은 것이 너무나 눈에 익은 모습이었다.

바위를 찬찬히 살펴보던 준호는 마침내 확신에 찬 목소리로 말했다.

"이건 고인돌*이야!"

"뭐?"

민호가 놀라서 바위를 보았다.

**\* 고인돌**
큰 돌을 둘러 세우고 그 위에 넓적한 덮개돌을 덮어 만든 돌무덤으로, 우리나라 청동기 시대의 대표적인 유물이다. 덮개돌의 무게만 100톤 이상인 것도 있는데, 무거운 돌을 옮기려면 많은 사람이 필요하므로 청동기 시대에 이미 많은 사람들을 동원할 수 있는 지배층이 있었음을 알 수 있다. 구릉지나 해안가에서 많이 발견되며, 한반도에는 전 세계 고인돌의 절반이 넘는 4만여 기의 고인돌이 있다.

"어, 맞다! 저번에 강화도에서 아빠랑 봤던 고인돌이랑 비슷해!"

별이가 멀뚱멀뚱 돌아보았다.

'그렇다면 여기는 고조선*……?'

준호는 털가죽 옷을 입은 별이를 보며 두루마리의 지도를 떠올렸다. 별이의 차림새로 보나, 지도나 고인돌로 보나 고조선이 틀림없었다. 영토가 북쪽으로 넓게 뻗어 있고 한반도에 이처럼 고인돌이 있었던 시대는 고조선 시대

* **고조선**
우리 역사 최초의 국가. 원래 이름은 '조선'이나 《삼국유사》에서 위만 조선과 구분하기 위해 옛날 조선이란 뜻으로 옛 '고' 자를 붙여 '고조선'이라고 불렀다. 중국 요동 지방과 한반도 서북부에 자리 잡은 고조선은 석기보다 훨씬 발달된 청동과 철 무기를 바탕으로 차츰 국가의 모습을 갖추어 나갔다. 그러나 주변 나라들을 통일하여 힘이 막강해진 중국 한나라에 멸망당했다(기원전 108년).

뿐이기 때문이다.

"우아, 이게 고인돌이야? 난 처음 봤어!"

수진까지 감탄하자 별이가 이상하다는 듯 쳐다보았다.

"이거 무덤. 그런데 좋아? 왜 좋아? 너네 이상해."

그리고는 미심쩍은 눈초리로 아이들을 훑어보았다.

"너네 누구야? 어디 살아? 왜 여기 왔어?"

수진과 민호와 준호는 당황해서 아무 말도 못했다.

"비 안 와서 너네도 먹을 거 없어? 먹을 거 얻으러 왔어?"

별이가 눈을 깜빡이며 묻자 민호가 말했다.

"그래! 먹을 것 좀 없냐?"

"우리 아버지 사냥 잘해. 하지만 우리 집 고기 없어. 나도 못 먹어."

"고기!"

민호는 눈이 핑 돌았다.

꾸르르르륵!

민호의 배에서 천둥소리가 났다. 가뜩이나 배가 고파 죽겠는데, 고기 얘기를 하니까 배 속이 아주 난리였다.

"사냥*? 그럼 너네 아버지 사냥꾼이야?"

수진이 묻자 별이가 뻐기듯이 말했다.

"응. 사냥꾼! 이 사슴 잡았어. 나 줬어. 우리 아버지, 엄니 이만한 멧돼지도 잡았어!"

"우아, 멧돼지도?"

수진이 감탄하자 별이는 어깨에 힘을 주었다.

"나도 사냥꾼. 멧돼지 잡을 거야."

그러고는 주머니에서 새총을 꺼내더니, 작은 돌멩이를 주워 팅 하고 쏘았다. 날아간 돌멩이는 아이들 뒤쪽에 있

*** 사냥**
고조선 사람들은 한곳에 정착해 농사를 짓고 가축을 기르며 살았다. 또 석기 시대와 마찬가지로 사냥도 했는데, 좀 더 발달된 도구를 사용했다. 날카로운 돌촉이 달린 화살이나 창, 칼로 멧돼지, 야생 소, 사슴, 토끼, 말 등을 사냥했고, 사로잡은 동물은 고기를 먹거나 가축으로 길렀다. 또 동물의 가죽은 질기고 따뜻해 옷이나 모자, 신발을 만들어 썼고, 동물의 뼈로는 바늘이나 숟가락 같은 도구를 만들어 썼다.

는 나무 한복판에 탁 하고 맞았다.

별이가 으스댔다.

"나, 토끼 잡아. 토끼 빨라!"

민호와 수진은 "우아!" 하고 진심으로 감탄했다.

준호는 민호와 수진과 별이가 귀여워서 저도 모르게 웃음이 났다.

"그런데 너네 집에 먹을 거 진짜 없어? 배고파 쓰러질 것 같아!"

민호가 다시 물었다.

별이가 대답했다.

"없어. 고기도 없고, 좁쌀도 없어. 비 안 와서 나무 열매도 다 말랐어."

"감자 같은 것도 없어?"

"감자?"

별이가 어리둥절한 얼굴로 되묻자 준호가 민호를 보고 고개를 가로저었다. 고조선 시대에는 감자*가 없었기 때문이다.

"이 사슴, 다시 도망치기 전에 안전한 곳에 데려가야 하지 않아?"

준호의 말에 별이가 "아, 맞다!" 하고 사슴을 돌아보았다. 어린 사슴은 어느새 고인돌 그늘 아래에 있는 풀을 다 뜯어 먹고, 여기저기 코를 킁킁거리며 풀이 더 없는지 찾고 있었다.

그새 친해진 걸까, 아니면 마음이 조금 놓인 걸까. 별이가 생긋 웃으며 말했다.

"사슴, 같이 데려가. 우리 집에!"

수진이 뛸 듯이 기뻐했다.

"좋아! 얼른 가자!"

* 감자
감자의 원산지는 칠레, 페루 등 남아메리카의 안데스 산맥 지방이다. 우리나라에는 조선 후기에 들어왔는데, 거친 땅에서도 잘 자라고 땅 속에서 자라기 때문에 가뭄에 잘 견뎌 널리 보급되었다. 산이 많고 서늘한 강원도에서 많이 재배되며, 영양이 풍부하여 주식 대신 많이 먹었다. 특히 흉년에는 감자가 큰 역할을 했다.

민호도 기뻐했다. 집에 먹을 게 없다고는 했지만, 설마 아무것도 없을까 싶었던 것이다.

수진은 얼른 주변에 있던 덤불에서 가지 하나를 꺾은 다음, 잎사귀를 쫙 훑어 내어 회초리를 만들었다. 그러고는 그 회초리로 사슴의 엉덩이를 톡톡 치며 앞으로 몰았다. 외갓집에서 외삼촌을 도와 염소를 몰아 본 적이 있었다.

별이가 날카롭게 소리쳤다.

"안 돼! 아파!"

수진 때문에 사슴이 다치거나 놀랄까 봐 걱정스러운 것 같았다.

수진이 멋쩍게 웃으며 알았다는 듯 한 손을 들어 별이를 안심시켰다. 아이들은 사슴이 도망치지 못하게 에워싸고는 비탈 위에 있는 마을로 올라갔다.

사슴을 몰고 가면서 보니 밭*도, 들판도 가뭄 때문에 말이 아니었다. 누군가 일하다가 두고 간 듯한 돌낫이 놓인 밭은 쩍쩍 갈라져 있었고, 작물들은 잎이 누렇게 말라 있었다. 아무렇게나 자란 풀은 말라비틀어진 채 이리저리 쓰러져 있었다.

비탈 중턱께 있는 콩밭 앞을 지날 무렵, 별이가 누렇게 시들어 가는 콩 줄기를 가리키며 말했다.

"콩, 다 말랐어. 못 먹어. 나, 콩 좋아. 맛있어."

세상에, 콩을 좋아하는 아이가 있다니! 민호가 얼굴을 찡그리며 말했다.

"콩이 뭐가 맛있어? 으, 난 싫어!"

준호가 웃으며 말했다.

"배고프면 다 맛있지. 안 그래?"

그 순간 다시 민호의 배에서 꾸르륵 하고 요란한 소리가

▲ 농경문 청동기

\* 밭
신석기 시대에 시작된 농경이 청동기로 접어들면서 더욱 발전해, 고조선 사람들은 밭을 갈아 곡식을 재배하여 음식을 만들어 먹었다. 곡식으로는 자라는 기간이 짧고 추위와 가뭄에 잘 견디는 조, 피, 기장, 콩을 재배했고, 벼도 재배하기 시작했다. 대전에서 출토된 농경문 청동기에는 따비로 밭을 일구는 사람과 괭이를 치켜든 사람이 새겨져 있다.

났다.

하긴 지금 같아서는 콩이라도 씹어 먹고 싶은 심정이었다. 민호는 배를 움켜쥐고 신음 소리를 냈다.

"이러다 배고파 쓰러지겠어!"

집에서 배불리 저녁을 먹고 온 수진은 나뭇가지로 사슴을 모느라 정신이 없었다. 사슴은 조금이라도 먹을 만한 풀이 보이면 코를 박고 걸음을 멈추거나 엉뚱한 곳으로 가려 했다. 그때마다 수진이 나뭇가지로 사슴의 엉덩이를 톡톡 쳤다.

아이들은 사슴과 함께 비탈길을 계속 올라갔다. 구릉지* 꼭대기에 다가갈수록 경작지가 점점 넓어지더니, 마을을 길게 에워싼 나무 울타리가 모습을 드러냈다.

* **구릉지**
완만하게 언덕을 이루는 땅. 농사 도구와 기술이 발달하면서 고조선 사람들은 비가 많이 와도 농경지가 물에 쓸려가지 않는 구릉지에 마을을 이루고 살았다. 대개 앞으로는 강이나 개울을, 뒤로는 산을 끼고 있는 지형으로 외적으로부터 마을을 지키기에도 좋았다. 청동기 마을의 흔적이 발견된 울산 검단리 유적지도 이러한 구릉지에 있다.

마을로 들어가려면 울타리를 따라 난 도랑을 건너야 했다. 아이들은 별이를 따라 도랑 위에 놓인 널찍한 나무다리를 건넜다.

"별이, 사슴 잡았어?"

다리를 건너 마을로 들어가는 문 가까이 가자 문 옆에 있는 높다란 망루에서 망을 보던 아저씨가 소리쳤다. 아저씨는 누런 삼베옷에 허리띠를 두르고 아이들을 내려다보고 있었다.

"응! 사슴 잡았어!"

별이가 가슴을 내밀고 우쭐대자 아저씨가 뾰족한 돌날이 달린 작대기로 아이들을 가리키며 물었다.

"너희, 누구냐? 도둑놈?"

그러고는 미심쩍은 눈으로 아이들을 훑어보았다.

별이가 펄쩍 뛰었다.

"친구! 같이 사슴 잡았어. 사슴 데려왔어. 우리 집에 같이 사슴 데려가!"

아저씨는 눈을 흘겨 뜨고 "으음……." 하고 아이들을 보았다. 혹시 식량이나 가축을 훔치러 온 것이 아닌가 미심쩍은 눈치였다. 하지만 어린아이들인 것을 확인하고는 마을로 들어와도 좋다는 손짓을 보냈다.

"좋다, 가."

별이는 아이들과 함께 사슴을 몰고 가축우리로 갔다.

나무 울타리가 쳐진 우리 안에는 개, 돼지, 소 등이 풀을 뜯거나 풀밭에 엎어져 잠을 자고 있었다. 오랫동안 굶었는지 가축들도 모두 홀쭉했다.

"우아, 이거 너네 우리야? 저 돼지랑 닭이랑 소도 다 너네 거야?"

민호가 배가 고픈 것도 잊고 감탄하자 별이는 이상하다는 표정으로 대꾸했다.

"우리 마을 거. 사슴, 내 거!"

그러고는 산자락 부근에 있는 울타리 끝 쪽을 가리키며 말했다.

"저기, 우리 집. 사슴 여기 넣고, 우리 집 가자!"

아이들은 힘을 합쳐 우리 문을 연 다음, 사슴을 안으로 몰아넣고 재빨리 빗장을 채웠다. 그러고는 별이네 집으로 달려갔다.

하지만 민호는 배가 고파서 제대로 뛸 수가 없었다. 수진의 꾐에 넘어가 과거에 밥을 얻어먹으러 왔는데, 밥은커녕 굶어서 쓰러질 지경이었다.

'아, 지금쯤이면 감자가 다 익었을 텐데…….'

꼬르르륵!

민호의 배에서 또다시 천둥소리가 울려 퍼졌다.

## 4. 사냥에서 돌아온 아버지

별이네 집에 들어선 순간, 아이들은 입이 쩍 벌어졌다. 흙으로 된 벽 한가운데에 이빨을 드러낸 족제비 머리가 떡하니 걸려 있었다. 뿐만 아니라 돌날이 달린 창이며 칼 같은 사냥 도구들과 오소리, 토끼, 사슴 같은 동물의 말린 털가죽들이 여기저기 널려 있었다.

준호는 왠지 속이 울렁거렸다. 하지만 민호와 수진은 별이네 집 안 풍경에 눈이 휘둥그레져서 여기저기 관심 있게 둘러보았다.

둥근 나무 기둥 저편에 불을 때는 화덕 같은 것이 있고, 그 옆에는 시루가 놓여 있었다. 흙으로 만든 민무늬 토기*

와 나무 그릇들, 동물 뼈로 만든 숟가락과 칼 같은 것들도 보였다.

수진이 말린 털가죽을 보며 존경스럽다는 듯 물었다.

"와, 저거 다 너네 아버지가 잡은 거야?"

별이는 자랑스러운 얼굴로 고개를 끄덕끄덕했다.

민호가 어지럽다는 듯이 바닥에 풀썩 주저앉으며 중얼거렸다.

"그럼 넌 고기 많이 먹겠다. 난 지금 고기 한 점만 먹을 수 있으면 소원이 없겠는데."

별이는 잠시 눈을 굴리더니, 뭔가 생각난 듯 말했다.

* **민무늬 토기**
청동기 시대에 쓰던 무늬 없는 토기로, 곡식을 저장하거나 보관하는 데 썼다. 흙으로 빚은 그릇을 가마에 넣고 높은 열로 구워 만들었다. 신석기 시대에는 열 때문에 토기가 깨지는 것을 막기 위해 겉면에 빗살무늬를 새겨 구웠지만, 청동기 시대에는 토기를 더 높은 온도에서 단단하게 굽는 기술이 발달해 빗살무늬를 넣지 않고도 구워 낼 수 있었다. 강가나 바닷가에 살던 신석기 시대의 빗살무늬 토기는 모래에 꽂기 좋게 바닥이 뾰족하지만, 구릉지에 살던 청동기 시대의 민무늬 토기는 단단한 흙바닥에 놓기 좋게 바닥이 납작하다.

"아, 먹을 거! 아버지, 가르쳐 줬어! 거기 가자. 따라와!"

민호는 "그래?" 하고 자리에서 벌떡 일어났다.

아이들은 뽕나무*가 무리 지어 서 있는 곳 근처의 또 다른 울타리 문을 지나 마을 뒷산으로 난 길을 꼬불꼬불 올라갔다. 산은 그리 높지 않았지만 덤불들이 무성하게 자라 있어, 헤치고 나아가려니 여기저기 긁히고 잔가지에 걸려 얻어맞기도 했다. 하지만 먹을 것을 찾을 수 있다는 희망에 민호도, 준호도 꾹 참고 올라갔다.

이윽고 산허리에 이르자 별이가 말했다.

"여기. 아무도 몰라. 아버지, 나, 여기 알아."

별이가 가리킨 곳은 커다란 바위 밑에 있는 작은 샘이었

▲누에나방 애벌레

**\* 뽕나무**

우리나라는 고조선 때부터 누에를 길러 비단을 얻기 위해 뽕나무를 길렀다. 뽕잎을 먹고 자란 누에나방 애벌레가 번데기로 변하면서 제 몸을 둥글게 둘러싸는 고치를 만들면, 그 고치에서 명주실을 뽑아낸다. 명주실로 짠 비단은 빛깔이 곱고 촉감이 부드러워 신분이 높은 사람들이 즐겨 입었다.

다. 무성한 수풀에 에워싸인 바위 밑의 그늘진 작은 샘에서 실오라기 같은 물이 졸졸 스며 나오고 있었다.

'여기에 무슨 먹을 게 있다는 걸까?'

민호는 혹시 산딸기나 나무 열매 같은 것이 있나 싶어 주위를 두리번거렸다. 하지만 아무리 봐도 먹을 만한 것은 보이지 않았다. 사방이 온통 풀과 바위뿐이었다.

별이가 샘을 가리켰다.

"비 안 와. 물, 쫄쫄. 그래도 안 말랐어. 물 나와. 물, 맛있어. 배불러."

아이들은 '그러니까, 먹을 게 겨우 물이었어?' 하는 얼굴로 별이를 쳐다보았다. 민호는 거의 까무러치기 직전이었다.

"야, 이게 무슨…… 웁!"

민호가 소리치는 순간, 준호가 얼른 입을 틀어막았다. 준호가 민호의 귀에 대고 속삭였다.

"그냥 먹어. 별이가 우리 생각해서 여기까지 데리고 왔잖아."

민호는 준호의 손을 치우며 "에퉤퉤!" 하고 침을 뱉었다. 땀에 젖은 준호의 손이 찝찔했다.

"오빠 먼저 먹어."

수진이 생긋 웃으며 말하자 준호가 "고마워." 하고는 손으로 물을 떠서 마셨다. 땅속에서 흘러나온 차가운 물이 목을 적시자 정신이 번쩍 들었다. 정말이지 더위와 배고픔을 달래 주는 다디단 물이었다.

준호는 무심코 중얼거렸다.

"아, 맛있다!"

민호가 비웃었다.

"물이 뭐가 맛있어? 아, 배고파 미치겠네!"

하지만 수진도 손으로 물을 떠서 마시더니 소리쳤다.

"우아, 진짜 맛있다! 달고 시원해!"

별이는 '거 봐!' 하듯이 어깨에 힘을 주었다.

"여기 물, 맛있어. 배고플 때, 물 마셔. 그럼 배 안 고파."

민호는 입을 삐죽이면서도 귀가 솔깃했다.

'물을 마시면 배가 안 고프다고? 정말일까? 하지만 다들 물이 맛있다고 하잖아?'

호기심에 못 이겨 손으로 물을 살짝 떠 마신 민호는 깜짝 놀랐다.

"어, 진짜네!"

물은 달고 시원했다. 민호는 언제 비웃었느냐는 듯 물이 나오는 곳에 아예 입을 갖다 대고는 쪽쪽 빨아 마셨다. 맑고 차가운 물이 꼬르륵 소리를 내며 배 속으로 하염없이 흘러 들어갔다.

"민호야, 그만 마셔. 그러다 배탈 나겠다."

준호가 말리자 그제야 민호는 머리를 쳐들고 "끄윽!" 소리를 내며 돌아보았다.

어찌나 물을 많이 마셨는지, 배가 개구리처럼 볼록했다.

민호가 불룩 튀어나온 배를 쑥 내밀며 말했다.

"형, 내 배 좀 봐!"

아이들은 까르르 웃음을 터뜨렸다.

그때였다. 숲 위쪽에서 시끌시끌한 말소리와 함께 소란스러운 발소리가 났다.

"삐익!"

별이가 휘파람을 불었다.

그러자 저쪽에서도 날카로운 휘파람 소리가 들려왔다.

다음 순간 별이가 "아버지!" 하고 소리치며 바람처럼 산 위로 뛰어 올라갔다. 아이들도 별이를 쫓아갔다.

무성한 덤불숲과 울창한 나뭇가지들을 헤치고 올라가자, 곧 별이처럼 털가죽 옷을 입은 아저씨 한 명과 삼베옷을 걸친 어른들 몇몇이 창을 들고 산길을 내려오는 모습이 보였다. 모두 머리에는 상투*를 틀고 발에는 가죽신을 신

* **상투**
머리카락을 끌어 올려 정수리 위에서 틀어 맨 머리 모양. 옛날에 혼인한 남자들이 하던 전통적인 머리 모양이다. 나이가 많아도 혼인하지 않으면 상투를 틀지 못했기 때문에 더벅머리 총각이라는 말이 생겼다. 우리나라에서는 고조선 때부터 상투를 틀고 머리에 모자를 썼다.

고 있었다.

별이가 "아버지!" 하고 털가죽 옷을 입은 아저씨에게 달려가자, 아저씨가 두 팔로 별이를 번쩍 안아 올렸다.

"많이 잡았어?"

별이가 아버지의 목을 꼭 끌어안고 묻자 아버지가 싱긋 웃으며 대답했다.

"아니."

별이 아버지가 턱으로 사람들을 가리켰다. 그러자 함께 사냥 갔던 어른들이 토끼 두 마리를 들어 보였다.

겁에 질린 작은 토끼 두 마리가 허공에서 바들바들 떨고 있었다.

별이의 어깨가 축 처졌다.

별이 아버지가 눈짓으로 이 아이들은 누구냐고 물었다.

"친구들. 배고파. 샘물 먹었어."

아이들이 고개를 꾸벅 숙이며 인사했다.

"안녕하세요?"

"아버지 잡은 짐승 없어. 고기 없어. 고기 못 먹어."

별이가 실망스럽게 말하자 별이 아버지는 몹시 미안해하며 허리춤에서 뭔가를 주섬주섬 꺼내 아이들에게 나눠 주었다.

아이들은 별이 아버지가 준 시커먼 것이 뭔지 몰라 두 손으로 받아 들고는 어정쩡하게 서 있었다. 준호는 일단 고개를 꾸벅하며 "고맙습니다!" 하고 인사했다.

별이가 환하게 웃으며 말했다.

"말린 고기! 먹어! 맛있어!"

"뭐! 고기?"

민호는 눈이 번쩍 뜨였다. 아저씨가 준 시커먼 것이 고기라니! 민호는 말린 고기를 입에 물고 질겅질겅 씹기 시작했다.

아, 얼마 만에 맛보는 고기인가! 집에서도 고기는 자주 먹지 못했다. 엄마는 틈만 나면 "우리가 고기를 조금만 적게 먹어도 지구 온난화를 막을 수 있단다." 하고 말했다.

지구를 걱정하는 엄마 때문에 온 식구가 허구헌 날 채소만 열심히 먹었다.

"나도 줘!"

별이도 아버지한테 말린 고기를 얻어 수진과 함께 맛있게 먹었다. 누린내가 비위에 거슬리긴 했지만, 준호도 눈 딱 감고 말린 고기를 씹었다.

아저씨들이 옆에서 한마디씩 했다.

"비 안 와서, 먹을 거 없어. 말린 고기, 귀한 거야."

"별이 좋아? 고기 맛있어?"

그러고는 침을 꿀꺽 삼켰다.

그중 나이 든 아저씨가 별이 아버지의 어깨를 툭 쳤다.

"산에서 안 먹었어? 별이 주려고?"

아마도 사냥 가서 먹으려고 갖고 갔던 것을 별이 아버지가 먹지 않고 남겨 온 눈치였다. 그 귀한 것을 홀랑 받아먹다니, 준호는 별이와 별이 아버지한테 너무 미안했다.

대나무 창을 들고 있던 아저씨가 놀리듯이 말했다.

"별이 아버지, 별이만 좋아해."

그때 아버지 배에서 꼬르륵 하는 소리가 났다. 아이들은 말린 고기를 씹다 말고 별이 아버지를 쳐다보았다.

별이 아버지는 무안함을 가리려고 호탕하게 웃었다.

"하하핫! 나, 물 먹어야겠다."

그러자 배에서 꼬르륵 하는 소리가 또다시 길게 울려 퍼졌다.

다들 와하하 웃음을 터뜨렸다. 나이 든 아저씨가 토끼를 흔들며 말했다.

"어서 가자. 토끼 두 마리뿐이라 제사장님 노하시겠다."

옆에 있던 아저씨들이 산 밑으로 내려가며 걱정스레 말했다.

"이게 제물 될지……."

"멧돼지 없어도 사슴은 있어야 되는데. 큰일이다."

별이 아버지는 말없이 고개만 끄덕이며 별이의 손을 잡고 산 밑으로 내려갔다.

"제물? 그게 뭔데?"

민호가 별이를 따라가며 묻자 수진도 궁금한 듯 물었다.

"제사장님은 뭐 하는 사람이야?"

별이가 말했다.

"오늘 우리 마을 기우제*. 기우제에 제물……."

그때 아버지가 별이에게 물었다.

"사슴 잘 잡아 두었지?"

준호는 무심코 별이 아버지를 쳐다보았다. 별이도 하던 말을 멈추고 고개를 들어 아버지를 보았다. 뭔가 불길한 느낌이 스치고 지나갔다.

별이가 아버지의 손을 홱 뿌리치며 소리쳤다.

"사슴, 내 거야! 아버지가 나 줬어!"

* **기우제**

비가 내리기를 바라며 드리는 제사. 고조선에는 물을 저장해 두는 저수지 등이 없어, 비가 내려야 물을 얻을 수 있었다. 농사짓는 데는 물이 반드시 필요했기 때문에 가뭄이 들면 제사장이 기우제를 지냈다. 이 풍습은 삼국 시대와 고려 시대를 거쳐 조선 시대까지 이어졌고, 농사를 짓는 다른 나라에서도 찾아볼 수 있다.

아버지는 말없이 별이를 바라보다가 묵묵히 걸음을 옮겼다.

수진과 민호는 어리둥절한 얼굴로 별이와 별이 아버지를 번갈아 보고는 산 밑으로 내려갔다. 산자락의 나무 울타리와 그 너머에 있는 뽕나무들을 지나 마을에 가까워질수록 정체를 알 수 없는 불안하고 위태로운 침묵이 무겁게 내려앉았다.

## 5. 내 사슴이야!

머리에 짐승 뿔 모양의 관을 쓴 제사장은 청동 검을 만지작거리며 말없이 고개를 숙이고 있었다. 간간이 한숨을 내쉴 때마다 가슴에 매달린 청동 거울이 제사장의 시름을 대신 말하듯 희미하게 반짝거렸다.

  사람들은 마을 한복판에 자리 잡은 커다란 초가집*에 모여 앉아 제사장의 눈치만 보고 있었다.

  사냥에서 돌아온 사람들이 토끼를 꺼내는 순간, 제사장의 표정이 딱딱하게 굳었다. 감히 누구도 먼저 말을 꺼내지 못했다.

  별이 아버지가 마른 침을 삼키며 침묵을 깼다.

"저어, 제사장님. 가뭄으로 짐승 없습니다. 온종일 다녔습니다. 멧돼지 한 마리도 못 봤습니다. 토끼 두 마리, 겨우 잡았습니다."

제사장이 끄응 하는 소리를 내자 별이 아버지는 잠시 말을 끊었다. 그러고는 눈치를 살피며 다시 조심스레 말을 이었다.

"덫도 소용없습니다. 덫의 미끼 먹지 않았습니다. 짐승들 덫에 안 왔습니다. 짐승 없으니, 덫도 사냥도 안됩니다. 용서하십시오, 제사장님."

"죄송합니다."

아저씨들도 고개를 조아렸다.

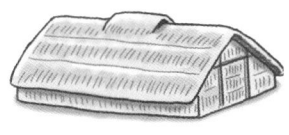

**\* 초가집**

짚이나 갈대 따위로 지붕을 얹은 집. 주변에서 쉽게 구할 수 있는 갈대나 마른 풀을 엮어 지붕에 얹고 바닥에도 깔아 추위와 더위를 피했다. 벼농사를 짓기 시작한 뒤로는 곡식을 거두어들이고 남은 볏짚으로 지붕을 얹었다. 높은 온도에서 흙을 구워 내는 기술이 발달한 고조선 후기에는 진흙에 모래를 섞어 구워 낸 기와를 지붕에 얹기도 했다.

제사장은 여전히 청동 검을 만지작거리며 한숨을 푸욱 내쉬었다.

"오늘 당장 소도*에서 기우제를 올려야 하는데, 제물이 시원찮으니……. 하늘에서 비를 내려 주실지."

사람들 사이에 다시 무거운 침묵이 내려앉았다. 제사장의 얼굴에 깊은 수심이 드리워졌다.

"제사장님."

별이 아버지가 침묵을 깨고 말했다.

"어린 사슴, 한 마리 있습니다. 제물로 그놈 쓰십시오."

별이가 놀라서 홱 돌아보았다.

'사슴을 제물로 쓴다고? 설마…….'

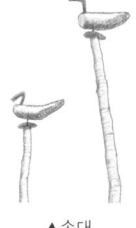
▲솟대

\* **소도**
고대 사회에서 하늘에 제사를 지내던 곳. 소도에는 큰 나무를 세우고 방울과 북을 매달아 놓았다. 하늘을 섬기는 신성한 곳으로 여겨 죄인이라도 소도에 들어가면 잡아가지 못했다. 높은 지대를 뜻하는 '솟터'에서 유래된 말로 보기도 하며, 마을 어귀에 수호와 경계의 상징으로 세우는 '솟대'가 소도에서 유래되었다고도 한다.

제사장이 흐음 하고 실눈을 떴다. 여기저기서 안도의 한숨이 새어 나왔다.

"데려와라."

마침내 제사장이 명령을 내리자 젊은 남자 둘이 사슴을 데리러 갔다.

별이는 왠지 모를 두려움을 느꼈다. 가축우리에 사슴이라고는 딱 한 마리, 별이의 사슴밖에 없었다.

준호도 불길한 느낌에 휩싸여 별이를 보았다. 불안에 떠는 별이가 가여웠다.

제사장은 여전히 이맛살을 찌푸리고 있었다. 뭔가 못마땅한 게 있는 건지, 아니면 찾는 게 있는 건지 자꾸만 고개를 갸웃거리며 청동 팔찌를 낀 손을 쳐들고 허공을 더듬었다. 간간이 머리를 절레절레 흔들며 신음 소리도 토해 냈다.

이윽고 거적 문을 들추고 한 청년이 어린 사슴을 안고 들어왔다. 사슴은 겁에 질려 와들와들 떨었다.

별이의 눈이 뒤집혔다.

"안 돼! 내 사슴이야! 아버지가 나 줬어!"

순간 제사장이 눈을 번쩍 뜨며 별이 쪽으로 고개를 홱 돌렸다. 제사장은 청동 검\*을 움켜쥐고 매서운 눈길로 별이를 쏘아보았다.

별이 아버지가 제사장보다 먼저 별이를 나무랐다.

"조용히 해! 제사장님 노하신다."

아버지는 엄하게 말하고는 제사장의 표정을 살피며 고개를 숙였다.

"죄송합니다, 제사장님. 아직 철이 없어 그렇습니다."

그러고는 다소 누그러든 제사장의 표정을 확인하며 얼

▲ 세형동검

**\* 청동 검**

청동으로 만든 칼로, 청동기 시대에 지배 계급이 사용했다. 여러 가지 쇠를 섞어 만든 청동 검은 돌로 만든 검보다 훨씬 단단하고 날카로웠다. 청동은 돌에 비해 다루기가 어려워 만드는 기술자가 따로 있었고 원료도 매우 귀했다. 추출된 청동으로는 창, 칼, 도끼뿐 아니라 거울이나 방울 따위의 장신구와 제사용 기구도 만들었다. 청동 검에는 비파라는 악기처럼 생긴 '비파형 동검'과 한반도에서만 발견되는 폭이 좁고 가느다란 '세형동검'이 있다.

른 말을 돌렸다.

"부디 이 사슴을 제물로!"

별이의 얼굴이 하얗게 질렸다. 사슴이 낑낑대며 별이를 보았다.

순간 별이가 사슴 쪽으로 달려들었다. 사슴을 구해서 달아날 셈이었다. 하지만 곧 아버지의 억센 손에 붙잡혀 꼼짝도 할 수 없었다.

"놔, 놔!"

별이가 발버둥 쳤지만, 아버지는 놓아주지 않았다. 아이들은 당황해서 어쩔 줄 몰랐다.

제사장은 성난 눈으로 별이를 노려보았다. 그러다가 별이 주변에 있던 아이들을 보고 눈빛이 달라졌다.

제사장은 눈을 번뜩이며 청동 검을 쥐고 아이들에게 한 발, 한 발 다가갔다.

"이, 이, 아이들은……."

제사장의 입에서 쉰 목소리가 새어 나왔다.

아이들은 모든 것을 꿰뚫어 보는 듯한 제사장의 눈빛에 질려 뒤로 주춤주춤 물러났다.

별이가 "친구! 내 친구!" 하며 발버둥 쳤지만, 아버지는 별이를 꼭 끌어안은 채 말했다.

"저는 소도에서 기우제 준비하겠습니다."

그러고는 별이를 안고 다른 남자들과 함께 밖으로 나가 버렸다.

이제 초가집 안에는 제사장과 제사장의 시중꾼들, 그리고 준호, 민호, 수진만이 남았다.

제사장이 물었다.

"너희는 누, 누구냐? 너희한테서 이상한 기운이……."

제사장은 마치 신들린 듯 광채가 나는 눈으로 아이들을 쏘아보며 다가왔다.

민호가 간신히 말했다.

"우, 우리는 아랫마을에서……."

그 순간 준호가 민호의 입을 막으며 돌아섰다. 말을 둘러대서 통할 상대가 아니라고 느낀 것이다.

제사장은 준호의 등 뒤로 다가섰다. 그러고는 예사롭지 않은 기운에 끌린 듯 준호가 등에 멘 배낭을 향해 손을 뻗었다. 하지만 준호의 배낭에 손을 얹은 순간 마치 감전이라도 된 듯 손을 확 떼며 비틀비틀 물러났다.

제사장이 휘청거리며 바닥에 청동 검을 떨어뜨리자, 시중꾼들이 다가와 제사장을 부축했다.

"제사장님!"

그 틈을 타서 수진이 재빨리 말했다.

"저희는 이만 가 볼게요. 우리, 별이한테 가자!"

그러고는 준호, 민호와 함께 후닥닥 밖으로 달려 나갔다.

제사장은 시중꾼에게 몸을 기댄 채 "저, 저 아이들……." 하고 팔을 허우적거렸다. 제사장의 청동 팔찌가 허공에서 어지럽게 흔들렸다. 한 시중꾼이 말했다.

"제사장님, 쉬세요. 기우제 지내야죠. 힘 아끼세요."

제사장이 다시 팔을 쳐들고 아이들이 나간 문 쪽을 가리키자 다른 시중꾼이 물었다.

"저 아이들, 잡아 둘까요?"

제사장은 멍한 눈길로 고개를 끄덕였다.

"기우제 지내고 나서…… 저 아이들을 좀 봐야겠다."

그러자 제사장을 부축하고 있던 시중꾼이 다른 시중꾼에게 고갯짓을 보냈다. 신호를 받은 시중꾼이 알았다는 듯 짧게 고개를 끄덕였다.

# 6. 가축우리에 갇히다

별이를 쫓아 나간 아이들은 곧 뒤따라 나온 시중꾼들한테 붙잡혀 가축우리*에 갇혔다. 별이와 사슴도 그곳에 갇혀 있었다.

우리 안에 있던 돼지들이 구석으로 몰려가 힐끗거렸다. 풀을 뜯던 소들과 바닥의 벌레를 쪼던 닭들도 낯선 침입자들을 쳐다보았다. 그러다 아이들과 눈이 마주치면 나무

* **가축우리**
농사가 시작된 신석기 시대부터 동물을 가두어 기르기 시작했다. 청동기 시대 고조선에서도 돼지, 개, 소, 말 따위의 가축을 길러 농사에 이용하고, 가축의 젖과 고기와 털가죽도 얻었다. 기원전 1세기 무렵 고조선과 이웃하여 세워진 나라 부여에는 관직 이름에 마(말)가, 우(소)가, 저(돼지)가, 구(개)가 등 가축의 이름이 붙어 있을 만큼 농경 사회에서 가축은 중요한 자원이었다.

울타리 밖으로 주둥이를 내밀거나 먼 데를 쳐다보며 딴청을 피웠다.

별이와 수진은 아기 사슴을 안고 하염없이 쓰다듬었다. 별이의 얼굴이 새빨갰다. 수진도 가슴이 아팠다.

준호는 우리 안에 주저앉아 곰곰 생각에 잠겼다.

민호가 분통을 터뜨렸다.

"이게 뭐야! 우리가 무슨 잘못을 했다고 여기다 가둬? 도망가자, 형!"

민호는 우리의 나무 울타리를 발로 쾅쾅 차며 고함을 질렀다.

"이까짓 울타리 그냥 넘어가면 되는데, 뭐 하러 여기 있어! 바보 같아. 여기 그냥 갇혀 있는 게."

별이가 버럭 화를 냈다.

"안 돼! 제사장님 말 어기면, 천벌 받아! 도망 못 가!"

민호는 어이가 없었다.

여기서 제일 먼저 도망가야 할 사람은 바로 별이가 아닌

가? 그래야 사슴도 구할 수 있었다.

"넌 사슴이 죽어도 좋아? 내 말은, 사슴도 데리고 도망가자는 거야! 너도 얼마든지 이 울타리를 뛰어넘을 수 있잖아."

하지만 별이는 굳은 표정으로 말했다.

"울타리 넘으면 안 돼. 죽어!"

민호는 답답해서 속이 터질 것 같았다.

"이 바보야, 죽긴 왜 죽어! 내가 넘어 볼까?"

준호가 자리에서 벌떡 일어나 민호를 말렸다.

"하지 마, 그러면 안 돼."

민호는 속이 터져서 버럭 소리를 질렀다.

"아, 왜! 이깟 울타리가 뭐라고!"

준호가 나지막한 소리로 빠르게 말했다.

"쉿! 여기는 고조선이야. 여기서는 제사장의 말이 곧 법이야. 제사장의 말을 어겼다가는 별이 말대로 죽을 수도 있어. 게다가 아무래도 제사장이 두루마리에 대해 뭔가 눈치를 챈 것 같아. 괜히 소란을 피우다가 두루마리를 빼앗길 수도 있어."

준호는 잠시 말을 끊고 별이를 등지고 섰다. 그러고는 민호의 귓가에 대고 속닥거렸다.

"일단 제사장 눈에 띄지 않도록 여기 조용히 있는 게 좋겠어. 그게 더 안전할 것 같아. 시간이 얼마나 남았어?"

민호는 별이를 흘끗 보고는 주머니에서 모래시계를 꺼냈다.

"반보다 적게 남았어."

준호는 걱정스러운 얼굴로 모래시계를 들여다보았다. 민호 말대로 모래시계의 모래는 3분의 1쯤 남아 있는 상태였다. 시간이 아직 제법 남아 있다는 뜻이었다. 그 시간

동안 무슨 일이 벌어질지 몰랐다. 준호는 초조하게 주위를 둘러보았다.

"이렇게 어린 사슴을 제물로 바치다니……. 너무해."

수진이 사슴을 쓰다듬으며 울먹이자 별이가 단호하게 말했다.

"사슴, 내 거야. 제물, 안 돼."

민호는 어이가 없었다. 제사장 말이 법이라고 울타리도 못 넘으면서, 어떻게 사슴을 구하겠다는 걸까? 별이 말대로라면 제사장이 사슴을 제물로 바치라고 하면 무조건 내놓아야 했다.

우리 너머로 마을 사람들이 분주히 오가는 모습이 보였다. 민호는 이제 될 대로 되라는 심정으로 우리 안의 개들과 어울려 놀았다.

우리 안에는 민호가 좋아하는 벌레들도 많이 있었다. 민호는 바닥에 납작 엎드려 개처럼 코를 킁킁거리며 벌레들을 자세히 들여다보기도 하고, 개들과 마주보며 으르렁거리기도 했다. 하지만 배가 고파서 금세 바닥에 드러누워 개들과 함께 뒹굴댔다.

수진은 겁에 질린 아기 사슴을 달래려고 연신 쓰다듬어 주었고, 별이는 아기 사슴 옆에서 주먹을 불끈 쥔 채 씩씩거렸다. 준호는 만약의 사태에 대비해서 마을 곳곳을 유심히 살폈다.

반달 돌칼*과 돌낫 따위를 챙겨 들고 우리 옆을 지나가던 사람 하나가 아이들을 보고는 혀를 끌끌 찼다.

"쯧쯧쯧. 제사장님 노해서, 어린 것 가뒀어. 기우제 때문에 제사장님 이상해. 어린 것들 불쌍해."

준호는 조용히 별이 옆으로 다가가 물었다.

**\* 반달 돌칼**
청동기 시대에 곡식 이삭을 따던 도구. 돌로 만든 반달 모양의 칼로, 두 구멍에 끈을 끼워 손목에 걸거나 손에 쥐고 사용했다. 농사가 발달함에 따라 널리 쓰였으나, 이삭을 하나씩 잘라서 따야 했기 때문에 농작물의 밑동을 한꺼번에 베어 내는 낫보다 작업 속도가 떨어졌다.

"기우제는 어디서 지내?"

"저기, 산."

하늘을 쳐다보니 구름 한 점 없이 맑고 푸르렀다. 도저히 비가 올 것 같지 않았다.

준호는 한숨을 푹 쉬었다.

"비가 오려면 구름이 많아야 할 텐데……."

별이가 무뚝뚝하게 말했다.

"기우제 지내면, 비 와. 저 산에서, 나무 이만큼 쌓고, 불 피워."

그때 마을이 술렁거리더니 아까보다 훨씬 많은 사람들이 분주하게 오가기 시작했다. 마을 울타리 밖에 있는 비탈진 밭에서 일하던 사람들도 나무로 만든 가래와 호미 같은 농기구를 챙겨 마을로 들어왔다.

지게에 나뭇단을 잔뜩 짊어진 사람들과 짚으로 엮은 바구니에 나무 그릇들을 챙긴 사람들이 마을 한복판으로 하나둘 모여들었다. 곧 별이 아버지가 나타나더니, 빗장을 풀고 우리 안으로 들어왔다. 그러고는 수진과 별이가 데리고 있던 사슴을 끌고 가려 했다.

"내 거야!"

별이는 앙칼지게 소리치며 수진과 함께 사슴을 얼싸안았다. 이번에는 준호와 민호도 달려들어 온몸으로 수진과 별이와 사슴을 에워쌌다.

"비켜!"

"안 돼요!"

아이들이 완강하게 저항하자 별이 아버지가 버럭 소리를 질렀다.

"별이! 나, 사냥꾼! 별이도 사냥꾼! 사냥꾼은 짐승 사냥한다! 이 짐승은 제물이다. 제물은 부족의 것! 비켜!"

그러고는 함께 온 아저씨들에게 우리 안으로 들어오라고 손짓했다. 아저씨들이 우르르 달려들어 준호와 민호를 붙잡았다.

"이거 놔요!"

"아직 어린 사슴이잖아요. 살려 주세요, 제발!"

그사이 별이 아버지가 별이와 수진을 밀치고 사슴을 둘러맸다.

난리통에 우리 안에 있던 소와 돼지들이 놀라서 날뛰었다. 닭들이 꼬꼬댁 비명을 지르며 날아다니고, 개들은 컹컹 짖거나 낑낑대며 뛰어다녔다. 하지만 별이 아버지는 거친 기세로 동물들을 헤치고 우리 밖으로 나갔다.

수진은 울음을 터뜨렸다.

별이는 분노에 못 이겨 "으아아아!" 괴성을 지르며 주먹으로 가슴을 마구 쳤다.

별이가 사슴을 쫓아 우리 밖으로 뛰쳐나가려 하자, 아저씨들이 막아섰다.

"별이, 안 돼. 아버지, 제사장님께 빌었다. 울타리에서 별이 풀어 달라 빌고 또 빌었다. 그래서 제사장님, 별이 용서했다."

별이는 멀어져 가는 아버지와 사슴을 보며 짐승처럼 울

부짖었다.

아저씨들은 준호와 민호와 수진을 놓아주며 말했다.

"우리가 가면, 울타리에서 나가도 된다. 마을에서 나가는 건, 안 된다."

그러고는 우리 밖으로 나가 사람들이 몰려 있는 곳을 향해 뛰어갔다.

# 7. 비를 기다리는 사람들

잠시 뒤, 산으로 기우제를 드리러 가는 사람들이 아이들 앞을 지나 마을 밖으로 빠져나갔다.

접시처럼 둥근 청동 거울을 목에 걸고 허리에 청동 검을 찬 제사장이 청동 방울이 달린 지팡이를 짚고 시중꾼들과 함께 맨 앞에 서 있었다. 그 뒤로 제물로 바칠 어린 사슴을 안은 별이 아버지와 아저씨들, 나무로 만든 날카로운 창과 칼을 든 사람들, 북과 짐승 뼈로 만든 피리*를 든 사

*** 뼈로 만든 피리**
짐승 뼈로 만든 피리. 고조선의 악기로, 13개의 구멍이 있다. 이 구멍 수는 조선 시대 《악학궤범》에 나오는 대금의 구멍 수와 같다. 하늘에 제사를 지낼 때나 잔치를 벌일 때 음악을 연주하는 데 썼던 것으로 추정된다.

람들이 따랐다.

　나뭇단을 등에 진 사람들, 대나무 바구니에 나무 그릇과 음식을 챙겨 든 아낙네들, 따라오지 말라는 부모의 으름장에도 졸졸 쫓아가는 마을 꼬마들이 긴 줄의 꼬리를 이루었다.

　별이는 체념한 듯 슬픈 눈으로 기우제 행렬을 바라보았다. 이윽고 기우제 행렬이 모두 빠져나가자 마을은 잠에 빠져들기라도 한 듯 고요해졌다.

　멍하니 앉아 있던 민호가 눈치를 보며 말했다.

"이제 나가도 되지 않을까?"

　아무도 대꾸하지 않았지만, 더는 우리에 있을 이유가 없었다. 별이가 먼저 우리 문을 열고 나갔고, 수진과 민호, 준호가 뒤따라 나갔다.

　마침내 모두 자유의 몸이 되었다. 우리를 나가면 당장 산 쪽으로 달려가리라 생각했지만, 막상 우리에서 나온 아이들은 한 걸음도 떼지 못했다. 기운이 빠져서인지, 아니면 산으로 가 봤자 사슴을 구할 수 없다는 체념 때문인지 알 수 없었다. 아이들은 터벅터벅 마을 안쪽으로 걸어 들어갔다.

 사람들이 빠져나간 마을은 텅 비어 쓸쓸했다. 마을 한가운데에 있는 널따란 공터에는 기우제에 가지 못한 할머니 할아버지들과 어린 꼬마들이 모여 기우제가 열리는 쪽을 바라보고 있었다.

 아이들은 걸음을 멈추고 공터에 모여 있는 어린 꼬마들을 바라보았다. 잠시 뒤 할머니 할아버지들 사이에서 "오!" 하는 탄성이 흘러나왔다. 그러더니 모두 약속이나 한 듯 땅에 엎드려 뭔가를 중얼중얼 빌기 시작했다.

 산 쪽을 쳐다보니 기슭에서 짙은 연기가 피어오르고, 뭔가에 반사된 듯 빛이 번쩍였다. 잇달아 요란한 청동 방울\* 소리와 북소리가 들리더니, 사람들이 "우우." 하고 울부짖는 소리가 들렸다. 기우제가 시작된 모양이었다.

 수진이 울먹였다.

"사슴은 벌써 죽었겠다……."

그러자 그때까지 꾹 참고 있던 별이가 굵은 눈물 한 방울을 뚝 떨어뜨렸다.

북소리와 사람들이 울부짖는 소리가 허공을 가득 메우자 마을에 있던 할머니 할아버지들도 주문인지 뭔지 알 수 없는 이상한 말을 중얼거리기 시작했다. 더러는 땅을 치거나 바닥에 머리를 대고 기이한 소리를 내기도 했다.

삼베옷의 물결이 바닥을 뒤덮었다. 모두 하나같이 간절히 비가 오기를 빌었다. 그 모습에서 준호는 비를 기다리는 사람들의 애타는 마음이 느껴졌다. 민호와 수진도 눈앞에 펼쳐진 광경에서 신성한 느낌을 받은 것 같았다.

**\* 청동 방울**

고조선의 제사장은 청동 방울이 달린 옷을 입고 청동 거울을 들고 제사를 지냈다. 청동 거울은 태양을 상징하고, 청동 방울은 하늘과 소통하는 도구였으리라 추정한다. 방울은 종교 의식에 주로 사용되었는데, 이것이 오늘날까지 전해져 무당이 굿을 할 때 방울을 흔들어 잡귀를 쫓거나 신령을 불러들인다.

뭔가 거역할 수 없는 힘에 이끌려 준호와 민호와 수진은 고조선 사람들처럼 땅에 엎드렸다. 그러고는 비가 내리게 해 달라고 진심으로 빌었다. 별이도 그 자리에 엎드려 두 팔을 쳐들고 소리를 내며 뭔가를 빌기 시작했다. 사슴의 희생이 헛되지 않도록 꼭 비를 내려 달라고 하늘에 비는 것이리라.

이윽고 주문인지 노래인지 알 수 없는 이상한 소리와 발로 땅을 구르는 듯한 소리, 피리 소리와 북소리가 한데 어우러지더니 우르릉 하고 뭔가가 굴러가는 듯한 소리로 변했다. 산에서 들려오던 소리와는 다른 소리에, 엎드려 있던 아이들은 고개를 들고 산 쪽을 쳐다보았다.

얼마 전까지 맑았던 하늘에 어느덧 먹구름이 잔뜩 끼어 있었다. 마치 산에서 피어 올라간 검은 연기가 구름으로 변한 것 같았다.

하늘이 점점 어두워지는가 싶더니, 별안간 번쩍 하고 번개가 하늘을 갈랐다. 그와 동시에 준호의 배낭에서 두루마리가 꿈틀했다. 하지만 준호는 번개 빛에 놀라 두루마리의 움직임을 알아차리지 못했다.

곧이어 시커먼 구름 장막 너머로 콰르릉 하는 천둥소리가 하늘을 가로질렀다. 그러고는 거짓말처럼 시커먼 먹구름이 몰려와 삽시간에 온 하늘을 뒤덮었다.

엎드려 있던 사람들이 하나둘씩 일어나 하늘을 우러러보았다. 별이도 몸을 떨며 하늘을 쳐다보았다.

민호는 별이의 눈에 맺힌 눈물을 보았다.

"너, 우는구나!"

별이가 무뚝뚝하게 대꾸했다.

"사냥꾼, 울지 않아. 눈물 아냐. 빗물이야."

"거짓말!"

민호가 그렇게 말하는 순간, 민호의 얼굴에 빗방울이 똑 떨어졌다.

"앗, 차가워!"

민호가 소리치자 수진과 준호는 "어?" 하고 하늘을 올려

다보았다. 그 순간 수진과 준호의 얼굴에도 빗방울이 떨어졌다.

차가운 물방울이 얼굴과 팔에 차례로 떨어졌다. 물방울은 점점 커지고 많아졌다. 곧 멀리 벌판에서 세찬 소낙비가 후두둑 몰려왔다. 마을 사람들은 모두 벌떡 일어나 팔을 쳐들고 펄쩍펄쩍 뛰며 함성을 질렀다.

"비다! 비다!"

하늘에서 다시 번개가 번쩍이고 잇달아 우르릉 쾅쾅 하는 천둥소리가 울려 퍼졌다. 마을 공터에 있던 할머니와 할아버지와 어린 꼬마들은 벌벌 떨며 서로 부둥켜안았다.

별이는 쏟아지는 빗속에서 바닥에 엎드려 덜덜 떨었다.

그 순간 준호의 배낭에서 두루마리가 요동을 쳤다. 금방이라도 튀어나올 것 같았다. 준호가 배낭을 열며 외쳤다.

"이제 가야 돼!"

준호의 다급한 고함 소리에 민호와 수진은 별이에게 인사도 못 한 채 냅다 뛰기 시작했다. 마을을 빠져나가는 아이들의 몸에 굵은 장대비가 쏟아졌다.

　막 마을 문을 지났을 무렵, 준호의 배낭에서 두루마리가 빠져나와 허공에 둥실 떠올랐다. 그러고는 번개처럼 푸른 빛을 번쩍이며 아이들과 함께 홀연히 사라졌다. 쏟아지는 장대비에 목을 적시는 풀과 나무와 작물들, 환호성을 지르며 기뻐하는 사람들을 뒤로한 채.

# 8. 아이들만의 비밀 여행

"우아, 하나도 안 젖었어!"

지하실로 돌아온 민호는 새삼 놀라운 듯 소리쳤다. 장대비를 맞았는데도, 아이들의 옷은 보송보송했다. 어느새 삼베옷이 집에서 입던 옷으로 바뀌어 있었다. 놀라운 것은 아이들의 머리도 전혀 젖지 않았다는 점이었다.

수진이 신기한 듯 자신의 몸과 머리를 만져 보았다.

"정말이다! 머리도 하나도 안 젖었어!"

수진의 말에 민호와 준호도 고개를 끄덕였다.

그때 "꾸르륵!" 하고 민호의 배에서 소리가 났다.

"어우, 배고파! 두루마리가 옷만 바꿔 주지 말고, 먹을 것도 줬으면 좋겠다!"

준호가 웃음을 터뜨렸다.

"하여튼 못 말려! 두루마리가 무슨 도깨비방망이냐?"

하지만 수진은 귀가 솔깃했다.

"아니야, 옷을 바꿔 줬으니까 먹을 걸 줄 수도 있잖아?"

민호가 눈을 반짝였다.

"그래! 우리가 '옷을 바꿔 주세요!' 했던 것처럼, '먹을 것을 주세요!' 하고 빌면 진짜로 먹을 게 나올지도 몰라."

준호는 말도 안 된다고 생각했지만, 어쩌면 민호와 수진의 말이 맞을지도 몰랐다. 마법의 두루마리에 어떤 마법들이 더 숨어 있을지 알 수 없었다.

준호가 고개를 갸웃거리며 수진에게 말했다.

"다음 여행 때는 두루마리한테 먹을 걸 달라고 해 볼까?"

민호는 어처구니가 없었다.

"쳇! 내가 말할 때는 들은 척도 안 하더니!"

준호는 머쓱한 듯 얼른 말을 돌렸다.

"별이네 마을에 비가 와서 정말 다행이야, 그렇지?"

수진은 별이와 함께 사슴을 잡던 일이며 사슴을 데리고 마을로 가던 길, 그 사슴을 아버지한테 빼앗길 때 울부짖던 별이의 모습이 떠올라 마음이 아팠다. 슬픔에 빠진 별이에게 제대로 인사도 못 하고 온 것도 마음에 걸렸다.

"그런데 형, 아까 그 제사장 왜 그런 거야? 제사장이 우리한테 마법의 두루마리가 있다는 걸 안 거야? 그 사람도 마법사야?"

"마법사는 아닌 것 같아. 하지만 그 당시 제사장들은 하늘과 소통한다고 했으니까, 뭔가 마법의 두루마리에서 신비한 기운을 느낀 게 아닐까?"

민호는 제사장이 못내 못마땅한 듯 입을 삐죽거렸다.

"쳇, 제사장이 뭐라고. 그거 다 미신 아냐? 어떻게 그깟 울타리가 감옥이 될 수 있어? 옛날 사람들은 바보 같아."

준호가 고개를 저었다.

"그만큼 옛날 사람들이 착했던 거야. 높은 담장이 없어도 서로가 한 약속을 지킨 거니까. 아마 그 약속을 대수롭지 않게 생각하고 어기는 사람들이 자꾸 늘어나는 바람에 감옥의 벽이 높아졌겠지. 어쩌면 그렇게 낮은 울타리밖에 없던 때가 더 살기 좋았는지도 몰라."

수진도 기운을 차리고 물었다.

"오빠, 어떻게 그렇게 맑은 하늘에서 비가 왔을까? 정말 기우제가 효과가 있었던 거야?"

준호도 알 수가 없었다.

"나도 모르겠어. 어쨌든 비가 왔으니, 별이도 마음이 좀 풀렸을 거야. 사슴이 가엾기는 하지만, 사슴 덕분에 비가 왔다고 생각하면."

그 말에 수진은 위로를 받았다. '이제 별이네 마을에 풍년이 들겠지.' 하고 생각하는데, 꼬르륵 하는 아주 작은 소리가 울렸다. 이번에는 준호 배에서 나는 소리였다.

뒤이어 민호의 배에서도 꾸르르륵 천둥 같은 소리가 났

다. 마치 창자가 "밥 줘, 밥!" 하고 소리치는 것 같았다.

"우씨, 과거에 밥 얻어먹으러 갔다가……."

민호가 씩씩거리며 말하다가 갑자기 "아참, 감자!" 하고 소리쳤다. 그러고는 허둥지둥 골방을 뛰쳐나갔다.

준호와 수진은 어둠 속에서 고개를 설레설레 저었다.

"어휴, 못 말려."

부엌 식탁 위에 놓인 갓 삶은 감자에서 모락모락 김이 피어올랐다. 민호는 얼른 감자를 집어 들었다가 "앗, 뜨거!" 하고 떨어뜨렸다.

"에그, 조심해!"

엄마가 주의를 주었지만, 배가 고파서 금방이라도 쓰러질 것 같았던 민호는 감자를 주워 허겁지겁 입으로 가져갔다. 준호도 젓가락에 감자를 꿰어 들고 껍질을 벗겨 후후 불어 가며 먹었다. 수진도 얼른 감자를 집어 들었다.

"그러다 체할라. 물도 마셔 가면서 먹어!"

엄마가 말하자 민호가 고개를 저었다

"물은 실컷 먹었어요!"

그러자 준호와 수진이 깔깔깔 웃음을 터뜨렸다.

"물을 실컷 먹었다고? 언제?"

준호는 가슴이 뜨끔했지만, 민호와 수진은 아무렇지도 않게 대꾸했다.

"그런 게 있어요!"

"엄만 몰라도 돼요!"

엄마가 어리둥절한 표정을 짓자, 아이들은 자기들만의 비밀을 한껏 즐기며 깔깔깔 기분 좋게 웃어 댔다.

### 준호의 역사 노트

과거 여행을 다녀온 뒤, 역사 박사 준호는 도서관과 아빠의 서재를 들락거리며 고조선 시대 연구에 몰두했다. 준호는 무엇을 알아냈을까?

##  우리 역사 최초의 국가, 고조선

청동기 시대에는 농기구가 발달함에 따라 식량이 먹고 남을 정도로 풍족해졌다. 그러자 가난한 사람과 부유한 사람이 생겨나고, 남는 식량을 둘러싸고 전쟁이 일어나, 싸움에 진 사람들을 노예로 만들고 땅과 곡식을 빼앗았다. 그 과정에서 지배하는 사람과 지배받는 사람 등 신분의 차이가 생겼고, 영토가 넓어지면서 이를 다스리는 사람과 법 등이 만들어졌다.

여러 부족 사회를 통합해 세워진 우리 역사 최초의 국가 고조선도 법과 중앙 조직을 만들어 백성을 다스렸다.

**강화 부근리 탁자식 고인돌** 청동기 시대의 무덤으로, 땅 위에 시신을 두고 큰 4면에 돌을 둘러세운 다음 덮개돌을 덮었다. 시신을 묻을 때 토기나 석기, 비파형 동검과 청동 도끼 등도 함께 넣었기 때문에 도굴꾼들에게 많이 훼손되었다. 탁자식 고인돌 유적은 사진처럼 굄돌이 두세 개만 남은 경우가 많다.

## 고조선의 이모저모

**고조선의 영역** 고조선에 대한 기록은 《삼국유사》, 《삼국사기》, 중국의 《삼국지》와 《사기》 등에 조금씩 실려 있다. 고조선의 건국 시기는 정확하지 않으나, 고조선의 영역은 탁자식 고인돌과 비파형 청동검, 미송리식 토기가 발견된 곳을 토대로 어느 정도 가늠해 볼 수 있다.

**고조선의 수도, 왕검성** 고조선의 최고 통치자인 단군왕검이 지내던 곳으로, 학자들에 따라 평양이나 요동 부근에 있었던 것으로 추측한다.

**고조선의 법, 8조법** 국가의 질서를 유지하고 잘못을 엄하게 다스리는 여덟 조항의 법이다. '사람을 죽인 자는 사형에 처한다', '남에게 상해를 입힌 자는 곡물로 갚는다', '남의 물건을 훔친 사람은 노비로 삼으며 죄를 면하려면 50만 전을 내야 한다'는 3개 조항만이 전해진다.

**마을이 모여 고을로, 고을이 모여 나라로** 부족 사회를 바탕으로 발전한 고조선은 마을이 모여 고을을 이루고, 고을이 모여 나라를 이루었다.

**비파형 동검**
비파 모양의 청동 검. 손잡이는 따로 만들어서 조립했다.

**미송리식 토기**
평안북도 의주군 미송리에서 처음 발견된 청동기 시대의 민무늬 토기. 손잡이가 달려 있다.

**탁자식 고인돌**
굄돌이 높은 탁자 모양의 고인돌이다.

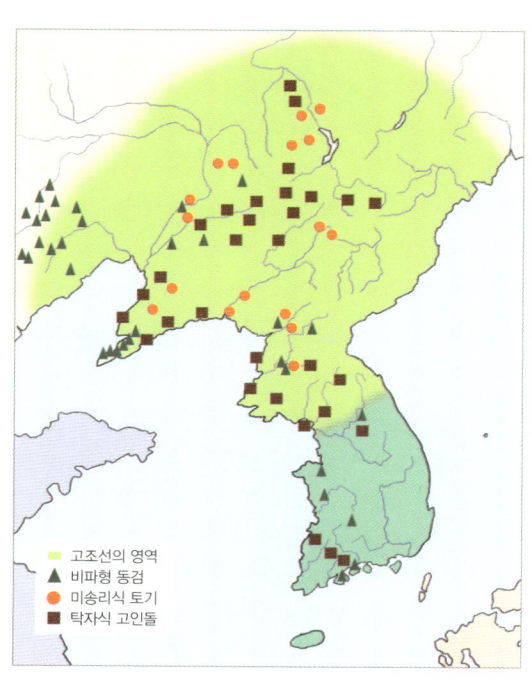

##  고조선을 세운 단군은 누구일까?

고조선을 세웠다고 전해지는 단군은 '단군왕검'의 줄임말이다. '단군'은 하늘에 제사를 지내는 제사장을 뜻하고, '왕검'은 나라를 다스리는 통치자를 뜻한다. 그래서 학자들은 '단군'이 사람의 이름이 아니라, '지배자'를 뜻하는 말이라고 추측한다.

우리가 흔히 알고 있는 단군 신화는 고려의 승려 일연이 지은 《삼국유사》에 나온 것인데, 단군이 아사달에

도읍을 정하고 고조선을 세운 후 1,908세까지 살며 나라를 다스렸다고 한다. 한 사람이 이렇게 오래 살 수는 없으므로, 단군이 사람의 이름이 아니라 고조선의 최고 통치자를 가리킨다는 주장이 더욱 힘을 얻고 있다.

**제사장이 곧 통치자인 '제정일치' 사회** 고대인들은 자연의 힘 앞에 무력했기 때문에 하늘에 제사를 지내는 제사장이 부족을 다스리는 경우가 많았다. 고조선도 제사장이 통치자의 역할을 함께했다. 이처럼 한 사람이 제사장과 통치자의 역할을 동시에 하는 것을 '제정일치'라고 한다. 고대 사회 초기에 부족의 우두머리들은 제사장이었으며, 단군은 그 가운데 최고 통치자를 가리킨다.

## 단군 신화

하늘의 아들 환웅이 인간 세상을 다스리기 위해 바람, 비, 구름을 다스리는 신하 등을 거느리고 태백산으로 내려왔다. 어느 날 곰과 호랑이가 환웅을 찾아와 사람이 되게 해 달라고 빌었다. 둘 중 곰만이 동굴에서 쑥과 마늘을 먹으며 견뎌 여인(웅녀)이 되었다. 환웅이 그 여인과 결혼하여 낳은 아이가 바로 단군이다. 단군은 아사달에 도읍을 정하고 고조선을 세워, '널리 인간을 이롭게 한다'는 홍익인간의 정신으로 다스렸다.

## 우리나라가 처음 세워진 날, 개천절

10월 3일 개천절은 단군이 나라를 세우고 그 이름을 조선으로 지어 왕위에 오른 날을 기념하는 국경일로, '개천'은 하늘이 열렸다는 뜻이다. 고려 때부터 강화도에 참성단을 만들고 제사를 드리며 단군을 민족의 시조로 모시기 시작했는데, 오늘날에도 개천절에 참성단에서 하늘에 제사를 지낸다.

강화 마니산 참성단

## 고조선의 농사와 기우제

　최초의 인류는 풀과 열매를 따 먹거나 사냥을 하며 이 동굴에서 저 동굴로 옮겨 다녔다. 그러다가 신석기 시대 후기부터 농사를 짓기 시작하면서 한곳에 머물러 살게 되었다. 여전히 풀과 열매를 따 먹거나 물고기를 잡고 사냥도 했지만, 농사를 통해서 더 많은 먹을 것을 얻었다.

　우리나라는 청동기 시대로 접어들면서 농기구와 농사 기술이 발달해 농작물의 수확이 크게 늘어났다. 물이 많은 곳에서 잘 자라는 벼를 기르기 시작하면서 물이 점점 더 중요해졌으나, 물을 저장해 두는 저수지 등이 발달하기 전에는 하늘에서 내리는 비를 통해 물을 얻을 수밖에 없었다. 그래서 오래도록 비가 내리지 않을 때는 비를 내려 달라고 기우제를 지냈다.

**제사장의 주요 업무, 기우제**

고대 사회에서는 농사가 얼마나 잘되느냐에 따라 통치자의 힘이 결정되었다. 가령 부여에서는 농사를 망치면 통치자를 죽이거나 쫓아내고 새 통치자를 세웠다. 기우제는 제사장의 가장 중요한 업무로, 국가의 제사장이었던 단군뿐 아니라 마을과 고을의 제사장들도 기우제를 지냈다. 제사장들은 목에 높은 신분을 나타내는 청동 거울을 걸고 청동 방울을 울리며 기우제를 올렸다.

## 고조선에서는 어떻게 농사를 지었을까?

**농사지을 땅 만들기** 돌도끼로 나무를 베어 넓고 평평한 땅을 만들었다. 그 후 불을 놓아 나무 밑동과 잡초를 태워 없애고 땅을 기름지게 만들었다. 땅속에 있는 나무뿌리와 돌을 캐내고 곡식이 뿌리내리기 좋게 땅을 골랐다.

**주로 심은 곡식** 고조선은 한강 북쪽의 추운 지방에 있었기 때문에 추위에 잘 견디는 기장, 조, 콩 등을 심어 길렀다. 마을이 대개 강이나 개울을 끼고 있는 언덕 위 구릉지에 있었는데, 언덕 아래쪽의 평지와 습하고 낮은 땅에서는 벼농사도 지었다.

**농기구** 주로 돌과 나무로 만든 농기구를 썼다. 청동은 농사에 쓰기에는 재질이 약하고 원료가 귀해서 농기구를 만드는 데는 거의 쓰지 않았다. 고조선 후기에 철기 시대로 접어들면서 쇠로 만든 농기구가 등장해. 더 깊이 갈아엎은 흙 속에 씨를 뿌려 씨앗을 보호함으로써 곡식 수확량이 크게 늘었다.

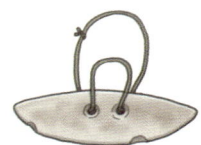

**반달 돌칼** 곡식 이삭을 딸 때 썼다.

**돌낫, 쇠낫** 벼를 그루째 베어 반달 돌칼보다 작업 능률이 높았다.

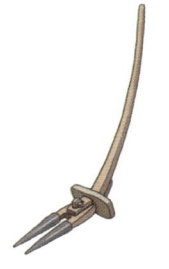

**따비** 땅을 갈아엎고 씨를 뿌릴 이랑을 만들 때 썼다.

**괭이** 씨앗이 잘 자라도록 땅속의 돌을 파내고, 따비로 갈아엎은 흙덩이를 부수고 땅을 고를 때 썼다.

준호의 역사 노트_113

## 고조선 사람들은 어떻게 살았을까?

고조선 사람들은 물을 얻을 수 있는 바다나 강 부근의 산 중턱, 언덕 위에 마을을 이루고 모여 살았다. 적이 쳐들어오는지 살필 수 있고, 부근의 땅에서 농사를 지으며, 물가에서 물고기도 잡을 수 있었기 때문이다. 마을 가장자리에는 나무 울타리를 두르고, 울타리를 따라 구덩이를 판 뒤 물을 채워 외부의 침입을 막았다. 인구가 늘어나고 마을이 커지면서 사람들은 함께 농사를 짓고 제사를 올렸으며, 공동 창고에 곡식을 보관했다.

**반움집** 땅을 깊이 파서 만든 신석기 시대의 움집에서 벗어나, 얕게 판 땅 위에 벽과 기둥을 세우고 집을 지었다.

### 음식

**밥** 조, 기장, 수수, 콩, 보리, 쌀 등 경작하기 쉽고 영양분이 많은 것을 길러 먹었다. 쌀은 매우 귀하여 주로 지배 계급이 먹었다.
**된장** 콩으로 된장을 만들어 오랫동안 두고 먹었다.
**채소** 도라지, 고사리, 미나리, 쑥, 달래, 더덕, 참나물 등으로 반찬을 만들어 먹었다.
**고기** 가축이나 사냥한 동물을 먹었다.

### 옷

**삼베옷** 고조선 사람들은 주로 삼베옷을 입었다. 남자는 바지와 저고리를 입었고, 여자는 치마와 저고리를 입었다. 또 질긴 동물 가죽으로 옷을 만들어 입기도 했다.
**비단옷** 상류층은 누에를 길러 뽑아낸 명주실로 비단을 짜서 옷을 지어 입었다.
**신** 짚이나 갈대, 헝겊, 동물 가죽, 나무로 신을 만들어 신었다.

### 사진 자료 제공

39p **농경문 청동기** 국립중앙박물관

47p **민무늬 토기** 국립중앙박물관

48p **누에나방 애벌레** 한국교육방송공사

66p **세형동검** 국립중앙박물관

91p **청동 방울** 국립광주박물관

108p **강화 부근리 탁자식 고인돌** 한국관광공사 김지호

110p **단군 영정** 부여군·정림사지박물관

111p **강화 마니산 참성단** 국가유산청


## 마법의 두루마리 13
고조선 소녀 별이를 만나다

ⓒ 강무홍, 김종범, 2025

**1판 1쇄 펴낸날** 2025년 3월 14일
**글** 강무홍 **그림** 김종범 **감수** 송호정
**편집** 우순교 **디자인** 박정아
**펴낸이** 강무홍 **펴낸곳** 햇살과나무꾼
**등록** 2009년 07월 08일(제313-2004-54)
**주소** 서울시 영등포구 당산로54길 11 상가 305호
**전화** 02-324-9704
**전자우편** namukun@namukun.com
**ISBN** 979-11-987725-7-2(73810)

\* 신저작권법에 따라 한국 내에서 보호를 받는 저작물이므로 무단 전재와 무단 복제를 금합니다.